水は
器に合わせ形を変えるでしょう
いつか
思いもよらぬときに

あさぎ とち 詩集

土曜美術社出版販売

水

水は器に合わせ
形を変えるでしょう

いつか　思いもよらぬ時に

だから強く願わなくてもいいのです
安心する必要もないし
不安になる必要もないのです

ちょうどよくわかっているのですから

ヒトの大部分は水でできているのです

詩集

水は器に合わせ形を変えるでしょう
いつか　思いもよらぬときに

ふっかつのごみばこ

ごみ箱にすべて投げ捨てる
わたしが拾われる

無垢のさいふ

ぼくは　さいふをもちうまれてきた
破産して　この世の財布を持った

目次

水……1
ふっかつのごみばこ……4
無垢のさいふ……5

I
そら……10
こぼね……11
空のはし……12
ひふみ……13
善根……14
土……15
綱渡り……16
いかずち……17
未来……18
あせり……19
お天気とかなしみ……20
折られてない……21
テレビ……23
白光が映える朝……24
ふゆ……25
声……26
かなしみの袋……27
じしん……28
春の地面……29
駅……30
さざ波……32
ぐち……34
かぜのね……35

II
宇宙……38
素直さ……39
死と言葉……40
空の歌……42
じかん……44

理系への質問……46
いなくならな続ける……47
がらんどう……48
シャングリラ……50
終わりの始まり……52
花の環……54
おさない歌……56
三秒間の沈黙……58
言葉が待つ部屋……60
産道……62
空間……64
忘れないこと……66
失う……68
この世の嘘……70
言葉が産まれる部屋……72
おわりの貝殻……74

Ⅲ

ふゆ……76
ふゆのこおり……77
ふゆのさむさ……78
ふたつからひとつへ……79
冬の花……80
冬の疑問……81
冬の魔法……82
白鳥……84
しろい雪……86
年輪……88
たばねる……90
時空……92
春がきこえる……93
少し春……94
立春……95
四季……96
春……97
まいとしのさくら……98
星の流れ……100

あとがき……102

カバー装画／著者

I

そら

あたたかいふゆのそらは　さざなみ
どこまでもつづく　さざなみ
そらのはしにすわり　かぜのこえをきけば
かなしみは　ほほをつたい
ぜんぶ　つちにおちてしまうのです

こぼね

なぜ　みんな　いきるのでしょう?
ただひとつ
かなしみが
のどをとおり
すとんとおちる
その　かわいたおとをきくのが
いやだから

空のはし

空のはし に　わたしがいる
ぶらんこにのって
誰か
反対側のはしで　ささえているひとがいる
かれは
ぶらんこにのっているとはかぎらない

ひふみ

ひふみの「ひ」
まずはそこから

それから「ふ」
それから「み」

ひふみの「ひ」ができるまで焦らない
ひふみの「ひ」ができるまで焦らないこと

「ふ」「み」は　そのあと
ひふみの「ひ」を　うまく作る

善根

人は善根を知り抜くまで
輪廻転生をくりかえすという
この世に生まれるのは　善根を知り得ぬからだと

善なるがゆえに　人に翻弄されぼろ屑のようにされる人間がいる
かれは悪根を知らなければ
この世では生きられないのではないのかしら

この人はどうなるのかしら

土

土にいろいろ落ちるもの
落ちてすべては種になる
花になり　木になり
草になる
虫になり　蝶になり
鳥になる
みな生き
なにかに使われる
こぼれおちるわたしの涙も　きっと

綱渡り

これくらいの背丈で行こう
綱渡りに使う綱は　これくらいの太さで
これくらいの長さ　材質で　これくらいの手ざわりで
これくらいの重さで　これくらいの張り具合で
これくらいの匂いで
これくらいの高さで

大丈夫
落ちても痛いことなんてありゃしないよ

自分で決めたんだもの

いかずち

雷鳴が轟く
音のない世界で
雷鳴が響《どよ》めく
地は果てしなく穿《うが》たれる

いっそう周囲の音はしなくなる
雷光が閃《ひらめ》く
人々は　太い雷光以外の光を忘れる
ぽかんとしてる間に
生まれる前の暗闇

未来

未来が薄く目をあける
まばたきをする
朝のように
未来が緑茶を好むか　コーヒーを好むかは知らない
彼も知って欲しくないと思っている気がする

あせり

なんとなく　あせりがしょうじたら
それはやめたほうがいい
いったん　やめたほうがいい
かみさまから　はなれているのだ
なんとなく

お天気とかなしみ

空に　かけらをまき散らせば
風が洗って　消えるのに
どれくらいかかるでしょう

空に　すべてをまき散らせば
風が洗って　明日には
すぐに変わっているでしょう

折られてない

赤い実は　赤いお花を見ているよ
あんなきれいな　花びらが
自分に　咲いたらいいのにと

赤いお花は　赤い女の子を見ているよ
あんなきれいな　お洋服が
自分も　着れたらいいのにと

赤い女の子は　赤い実を見ているよ
あんなきれいな　髪かざり
自分に　ついたらいいのにと

折られてない　まっさらな　赤い折り紙

折ったら　実にも花にも人にもなれる
にこにこ　みんなを　見ているよ

テレビ

テレビは付きっぱなし
私の頭は消えっぱなし

白光が映える朝

池には　いつものカモの親子がいる

毎年決まった時期に
何羽も子を産む

子を産んで
何羽も連れて泳ぐ

中には　白いひ弱な子もいる
大抵　そういう子は
一番後ろを泳ぎ　途中でいなくなる

ある朝　列の最後尾をつらぬく白光をみる
あの子の無限の明るさで　美しく

ふゆ

てのひらに　お水をはさむと
あっという間に　消えてしまう

てのひらに　雪をはさむと
あっという間に　消えてしまう

てのひらで　ハートを作ると
すぐには消えない　気がします

こころの　どこかに　のこっている

そのこころが
ひそやかに　灯火となって

声

医者の声より
天の声のほうが
正しい場合も
ある

かなしみの袋

涙は　ちいさな　袋にたまる
こころを大きく大きく　出して
かなしみは　おおきな　袋にたまる
こころを小さく小さく　出して

子どもの方が大人より
かなしみの　おおきなふくろを
持っている場合もあるんだよ

じしん

自身を見て
自信をなくし
自心が逃げ
地震がおこる

自神がなければ　ぐらぐらゆれる
にせの神様　虚栄しん

春の地面

どんどん　どんどん　吸ってるよ
地面が　雨を吸ってるよ
吸ったお腹は　どうなるの？
いっぱいいっぱい　ねんねして
げんきな草花　咲くでしょう

どんどん　どんどん　吸ってるよ
赤ちゃん　お乳を吸ってるよ
吸ったお腹は　どうなるの？
いっぱいいっぱい　ねんねして
げんきな笑顔　咲くでしょう

駅

田舎の駅
人も建物もまばら

階段を重い荷物を持ち　上がる老婆
息が切れ　足取りは重く
しかし出口まで歩く距離は短い

空気は澄み
頼りなく時間が広がる
すべてが静かに流れ

――落ち着きに変わる

都会の駅
たくさんの人
高いビルがいくつも建っている

エスカレーターに重い荷物を乗せる若者
息は切れず　足取りは軽い
しかし出口まで歩く距離は長い

空気は澱み
確固とした時間が広がる
すべてが絶えず騒がしく流れ

――落ち着きに変わる

さざ波

不思議

ひとりでにつくってゆく　リズム
青い波　緑の波　さざ波
おだやかに　寄せて返す

なにか言っているようで　言っていない
なにも言っていないようで　言っている

すべて　ひとりでに

毎回おびえず　ひと波　ひと波

悲しみを落とす前に
喜びを落とす前に
引き上げる

菩薩の顔をして

ひとりでに　つくっているものが
なぜ　こんなに美しくなれるのか

ひとりでに

ヒトは　自分が生きているのかさえ
わからない

ぐち

ぐち
それは　じぶんのせいなんだよ
ぐち
それは　じぶんのせいじゃないんだよ
ぐち
それは　じぶんのせいなんだよ
ぐち
それは　じぶんのせ……（まあひと休みしなさい）
かみさま

かぜのね

どこかで　起こる

かぜのねの下に　はな
かぜのねの下に　うみ
かぜのねの下に　ひと

起こる前に　気づくひと
起きた後に　気づくひと

みんな　やさしくなりたい

Ⅱ

宇宙

とにかく　この自分のちいさなちいさな宇宙を
ふらふらふらふらふらしながら　守っていかなくちゃならない

素直さ

人間からこぼれおちる
ゆがんだ気もち
果実からこぼれおちる
まっすぐな人格

死と言葉

ヒトは死を意識せずに
どれほど素直になれるというのか
世の中にたちこめる死臭を嗅がずに

生きていると思うから
言葉を出すという間違いをおかす

間違いなのだ

あいうえおも
まちがい

かきくけこも
まちがい

それでも言葉を使わなければ我々は生きられないのだ
言葉にはそれほどの価値しかないのである

空の歌

わたしは昨日生まれました

しかし空の歌を知っている気がします
風の歌を知っている気がします

それは魂の記憶

すなわち　人間は死ぬわけではないから
死ぬわけにはいかないから

空の歌は私の胸に残り続けているのです

この地で喜びを見つけよと言うのなら

喜びを見出すまで　生は繰り返されると言うのなら
恐らくそれに気づいたことが喜び

じかん

じかんははじまらない
じかんをはじめようとしても　はじまらない

はじめようとすることが　つみで
まちがいで　おごりで

名を欲するのは肉体で
魂が欲しいのは果実で

果実を摘むには　時間は邪魔

日の光が欲しければ　肉体を生きよう
詩が欲しければ　時間を忘れよう

過去の詩を読もうとする私の肉体
これからの詩を作ろうとする私のたましい

理系への質問

私はあの世にはいない
しかし　私はこの世にいるのだろうか

いなくならな続ける

一本のろうそくが消えかけている時
一本の線香はまだついていて
一本の線香が消えかけている時
一本のろうそくはまだついていて

私の命が消えかけている時
子どもの命はまだついていて

ろうそくから火を移した線香はまだついていて
私から火を移した子どもはまだついていて
火は生き続けていて
私はいなくならな続けていて

がらんどう

何を見ようとしているのか
がらんどうの空間に
何を感じようとしているのか
がらんどうの部屋に
何を生み出そうとしているのか
がらんどうのわたしに
高いものを見たいなら
低いものを見ずに
低いものを見たいなら

高いものを見ずに
そのどちらも私の内に入った状態が
すなわちがらんどう

シャングリラ

高さという高み
高みという高さ

肉体はつねに代償を求める

崇める対象を
敬う対象を
望む対象を

そして

見下す対象を
蹴り落とす対象を

比較する対象を

ほんとうに生きるということは
死ぬ準備をし始めたときから始まる

すべての人間に同じスタートラインを見たときに
すべての人間に違うゴールラインを見たときに

終わりの始まり

いつも　懐かしい風が吹き　気づく
遠くに彼の背が現れて　気づく

私たちは終わりを追いかけている
始まりに憧れながら　終わりを追いかけている

それが一周しているものだと気がついた時
後ろから追いかけてくる自分を見た時
私たちは本当に終わることができる

だが　私たちはまだ生きている以上
決して終わるわけにはいかない
終わりを追いかけなければならない

あの頃の自分の背に追いつかなければならない
体ではなく　魂を速めなければならない
それに気が付かなければならない
私が振り向いてくれるまで

花の環

すべては流転のなかに終わり
流転のなかに捨てられる

春が生まれるか　生まれないかの瀬戸際
自分の命についてさえ　危うくなる
人の生は花粉の言葉に息づいている
だからわたしは言葉を忘れる

体から言葉がなくなると危うさを覚えるが
あの世の心地良さも知るように人は出来ている
今こそ記憶がよみがえってきているのだ

冬が閉じられるか　閉じられないかの瀬戸際

厳しさが消えかかると　やはり涙があふれ出す
寒ささえ命であったと　雪さえ源であったと
風さえ呼吸であったと　氷さえ鏡であったと
全ては確かに生きていたのだと

おさない歌

わたしがのぼる死の台に飾る
おさない花が　今開いてくる
おさないくちびるを
わたしが生まれてきたわけを

誰が知ることができるだろうか
話されようがない樹々の話を
歌われようがない草々の歌を

青い空は死に際に紫色に変わるだろう
何となく思う　いや　知っている

わたしは生きていたい

樹々が話しだす直前の息吹がこの世なので
生きている私が最後に見る空と
次の瞬間に見る空がどう違うのか知るために
生きる理由はそれで十分であることを確かめるために

三秒間の沈黙

その人はしゃべり続けた
私は話すことができなかった

その人が話し終えた後
三秒間の沈黙の声を聞いてしまったので

声ではない　身振りではない
その人が聞こえ過ぎてしまった

ありとあらゆる話をした
そのあとで私が出そうとした声は
その沈黙の音だった
その人の声だった

ゆえに私は何も話すことができなくなった
その人も恐らく　そのことを知っていたので
なにも私に言わなかった

ただ　両者は同じ愛と体を見つめていた

言葉が待つ部屋

それが愛だとわかるのは　いつか
沈黙が沈み　時間があふれ返った瞬間
心だけが　波のように打ち寄せる

私たちはみな　言葉が待っている部屋を知っている
言葉に服を着せるまでの空間を

しかし外でその服を脱ごうとするのを
どうやっても止められない

恐れようと恥じらおうと
言葉は勝手に枷を外し始める

だから臆病さはいつも
部屋より服の方を見ようとする
人間と言うものがわからないので
しかし　そこにたちまち愛がある

産道

自分を生かすために　許すことができたなら
怒りの縁を　手放せられたなら

生きる巡りは　縁となり円に帰り
あの不思議な生は　そこに息づいている

私たちは　見えるという半円しか知らない

入口があると思っている
そして出口もあると思っている

本当はその両方とも無いのである
入る所も出る所も無い

隠し通せやしないのだ
卑しくあり続けることはできないのである
卑しさの元を許すと　卑しさから離れられる
怒りの元を許すと　おそらく怒りから
そこに言葉が産まれる部屋を見つけることができる

空間

空間はただ話し続ける
しかし我々はそれを言葉にすることはできない

十年口を閉ざしていると
十年口を開いているより
本当は得るものが大きい

しかし世間ではそれを失うと言う

本当に失くし許せぬものを　多く抱え込んでしまうのは
空間の話を聞かず　時間に惑わされた方だ

だが人は成長しようとする

そして成長を果たす
しかし成長し切ると気付くことはできなくなる

言葉がどこから来るのかを

忘れないこと

明日死ぬ者は今日の空を焼き付ける

人がこの世から離れる時
生と死が対ではなかったことに気付く

この世から相対できるものが消滅することに

止まると思っていたものは止まらずに
忘れると思っていたものは忘れられず

天の息吹が肉体を与えた時
魂はその天の一部であったことを失う
人はそれを争いと言う　或いはそれを成長と言う

だが　それは本当のことではない

それが本当なら　なぜ肉体は消滅するのか
それは永遠に生きるからだ
人は死ぬということさえできない

つまり私たちは　空の歌を忘れることはできないのだ

失う

失うと言うが
一体何を失うのか

失い失い失い失い尽くすと
そこには何があるのか

やはりあてどもないわたし自身がいる

失われる前は失われた状態ではなかったのか
失われると言い表してはいなかったのか
獲る前は失われた状態ではなかったのか
今より明るさは満ちていなかったか

樹々の歌は響き
空の風にぬくもりを感じていなかったのか

獲るということはどういうことなのか
失うことと一体何が違うのか
生きることは失うことと一体何が違うのか？

この世の嘘

成長の言霊は
すがすがしい嘘として
この世で知られる

しかしすがすがしさを知らぬまま
嘘と断じてしまうのは不幸なことだ

ここで分岐する

嘘を信じられるのか
信じられないのか

信じ切れるのか

背を向けてしまうのか

人が成長し成長し
成長したすえ滅ぶのは
嘘なのではなく
この世はそういうものなのだ

言葉が産まれる部屋

言葉が産まれる部屋に　陽が射し込むのではなく
その部屋が陽そのものだからだ
だから何も心配はいらない

言葉が産まれる部屋は　需要を満たそうとするのではなく
ただ愛情がありあまっているだけだからだ
だから何も心配はいらない

言葉が産まれる部屋が　何か教えるのではなく
ただ自然に気付くことがたくさんあるだけだからだ
だから何も心配はいらない

言葉が産まれる部屋に　生死が包含されているのではなく

真理と永遠が果てなくあるだけだからだ
だから何も心配はいらない

外の声は不安を煽り　まやかしを続けるが
本当は何も心配はいらない

おわりの貝殻

砂浜に落ちている小さな貝殻は
忘れられた記憶を閉じ込めている

宇宙に落ちている　忘れられた人々のように

その記憶はいつも美しい
形質ではなく記憶だけで出来ているから

だから　いつまでも美しい
見るものを安心させる

美しいから　新たにする必要がないのだ
新たな生は必要ないのだ

Ⅲ

ふゆ

ふゆは
ふくをかさねるように
ことばをかさねたくなる
さむさで　はがされぬように

ふゆのこおり

ふゆのこおりは
なにを　うったえるために
こおりとして
このよに　できているのだろう
みぬく　たましいのめ
それは　あたたかさであるはずなのに

ふゆのさむさ

あまりにさむいので
ふゆのうそつき！
と　たまにおこりたくなる

ふたつからひとつへ

つかれたときは　ふたつになる
あなたとわたし
それが　ひとつになるまで
しずかに　まつ
それはにんげんの　とうといしごと
ひとは　むりょくなのではなくて

冬の花

おしゃれに咲くなんて
ありえないんだよ
花は
いつも

冬の疑問

言葉を窓に打つと
返ってくる
すると疑問はなくなっている
冬はそういうもの

冬の魔法

冬は魔法のように
水をこおらせる
冬は魔法のように
おはようが痛い
冬は魔法のように
記憶が薄い
冬は魔法のように
わたしを昔に帰らせる

汽車が走りだす
蒸気船が浮かびだす

男は口ひげをたくわえ
女は着物で歩きだす

冬は魔法のように

死者を生き返らせる
口を閉ざしたものに語らせる

冬は嘘がつきにくい
冬はかなしみが雪にはりつく

春にすべてが解けるまで

白鳥

北へ渡る白鳥が
今年も確かなまなこで　湖に帰ってくる

そのさすらいは　一点を向き
命を美しく保ち　心を光らす

冬に想像される美しさは
雪をかぶった山の頂《いただき》
きびしく凍る水面
霜が溶け始めた朝の微光

白鳥の佇まい　飛び立つ後姿

ヒトの心は相変わらず
さすらおうかどうしようか迷っている
もうさすらっているのに

しろい雪

胸に尊くある大切なもの　あなたを思う心のように
しろい雪が降る
粉のようにはかなく
ゆらゆら　ゆれて

冷たく　外のものをよせつけず
ふぶきとなり　激しく
物思い　時間をかけゆっくりと
まっすぐ　何かにむかう

少し現れて　めずらしがられ
多く現れて　おどろかれ
空にいる時は　結晶となり美しく

地に落ちて　泥となり儚《はかな》く
しろい雪は　あなたを思う心に似ている

年輪

冬の夜の月は
寂しく　暖かく
冬の夜の風は
冷たく　清々しく
冬の眠りは
浅く　弱く
春の訪れは
なにか　ちょうど分かりかけたころ
また忘れさせるために

蝶々がとんで

たばねる

冬がバラバラにしていった
私の過去

死ぬ私
蘇る私

悲しむ私
喜ぶ私

目の前に横たわる
すべてを冷凍してしまうことの痛み
すべてを粉砕してしまうことの望み

そうして
冬が束ねていった
私の未来

時空

おだやかな日には時間がない

時間がないということは
あの世とこの世の境目がない
スイッチが存在しない

誕生と死去も存在しない
つまり「何も切り替わらない」

憂いがない
淡々とした流れ
上も下もない

体は　いつもよりある

春がきこえる

二月の昼
陽ざしが出ると　もう暖かい
氷が　少しずつ溶けてゆくのを見ると
わたしの悪い背中も　らくになるような気がする

軒先に　鳥たちがまだいた
今日気がついた

そのことに驚いた
そのことに驚いたわたしにも驚いた
冬は　嘘つきなのではなく
冬は　そういうものなのだ

少し春

少し春になると
氷が少し溶けて
水になるから
心も少し溶けて
なみだが流れるんだな

立春

あたたまろ

こうして
昼間に
陽が照った日は

つちのしたに
はるのあかちゃんがいるとおもえば

四季

はるは　あたたかいでしょう
草が　みえてきて
なつは　あたたかいでしょう
太陽が　そばにいて
あきは　あたたかいでしょう
実りが　口にはいって
ふゆは　あたたかいでしょう
人を　おもいだして

春

暦の春の日は遠く
今日の陽の眩しさは近く
心の春の日はいずこ

春の道をゆくよ
心を裏返せず
春の道をゆくよ

まいとしのさくら

子どものころは追いかけていた
いつしか追いかけなくなり
追わずとも　降りかかることがわかり

次々降ってきて邪魔にすらなり

卒業して　ここを離れるとなると

もう桜は降りかかることもないのだなあと
それは当たり前ではなかったのだなあと
涙がこぼれるのです

今一生懸命見ている

何年も見逃していた「毎年」

奔放に動き回っていた自分と
どちらが見る価値があったのか
どちらが癒しとなっていたのか
どちらがちゃんと地に立っていたのか

星の流れ

凍てつく冬の夜　星のまたたき
すべての足を止める

どこへ行くのか?
ちゃんと　その切符を手にしているのか?
たましいは健康か?

すべてを固まらせる　冬が言う
呼吸が意識できるまでの言葉を

こんな夜でも
わたしの心臓は動いている
母胎の赤ちゃんは動いている

星たちは　大きな弧を描いて移動している
たしかに夜明けがくるために

あとがき

氷

冬の朝は闇雲
氷の数字を示す温度計

硬い氷の　固い言葉

氷は誠実に言う

問題は、凍っているのか、溶けているのかではなく
どこまで誠実に生きたかだ、と

神

かなしみは　やがて春に

春

ひとつになる　時節

二〇二三年九月

あさぎ　とち

この本に関わっていただいた、すべての方に感謝いたします。

著者略歴

あさぎ　とち

1974年　北海道生まれ

個人詩誌「everclear」主宰
詩人会議、北海道詩人会議、室蘭文芸協会　各会員

現住所　〒052-0105　北海道有珠郡壮瞥町字仲洞爺69　平田方
【E-Mail】everclear0722@gmail.com
【X(旧twitter)】https://twitter.com/tocchi2014
【note】https://note.com/toc2017

詩集　水《みず》は器《うつわ》に合《あ》わせ　形《かたち》を変《か》えるでしょう　いつか　思《おも》いもよらぬときに

発行　二〇二三年九月三十日

著者　あさぎ　とち
装丁　直井和夫
発行者　高木祐子
発行所　土曜美術社出版販売
〒162-0813　東京都新宿区東五軒町三—一〇
電話　〇三—五二二九—〇七三〇
FAX　〇三—五二二九—〇七三二
振替　〇〇一六〇—九—七五六九〇九
印刷・製本　モリモト印刷
ISBN978-4-8120-2798-1　C0092